克瓦特探案集

⑪

倒霉的侦探和小偷

［德］于尔根·班舍鲁斯 著

［德］拉尔夫·布茨科夫 绘

宋宇/徐芊芊 译

汉斯约里·马丁奖

德国优秀青少年侦探故事小说奖

百花洲文艺出版社
BAIHUAZHOU LITERATURE AND ART PRESS

图书在版编目（CIP）数据

倒霉的侦探和小偷 /（德）班舍鲁斯著；（德）布茨科夫绘；宋宇，徐芊芊译 . —南昌：百花洲文艺出版社，2015.10
（克瓦特探案集）
ISBN 978-7-5500-1553-1

Ⅰ.①倒… Ⅱ.①班… ②布… ③宋… ④徐… Ⅲ.①儿童文学-侦探小说-德国-现代 Ⅳ.① I516.84

中国版本图书馆 CIP 数据核字（2015）第 243725 号

© Schnüfflerpech und lange Finger　Ein Fall für Kwiatkowski. Bd.21 (2012)
© Grosse Jagd auf kleine Fische　Ein Fall für Kwiatkowski. Bd.22 (2013)
by Arena Verlag GmbH, Würzburg, Germany.
www.arena-verlag.de
Chinese language edition arranged through HERCULES Business & Culture GmbH, Germany
Translation copyright © 2015 by shanghai 99 Culture Consulting Co.Ltd.

江西省版权局著作权合同登记号：14-2015-0225

倒霉的侦探和小偷　克瓦特探案集 ⑪

〔德〕于尔根·班舍鲁斯　著　〔德〕拉尔夫·布茨科夫　绘
宋宇　徐芊芊　译

出 版 人	姚雪雪
责任编辑	王丰林　郝玮刚
特约策划	尚 飞　杨 芹
封面设计	李 佳
出版发行	百花洲文艺出版社
社　　址	南昌市红谷滩新区世贸路 898 号博能中心 A 座 9 楼
邮　　编	330038
经　　销	全国新华书店
印　　刷	山东德州新华印务有限责任公司
开　　本	889mm×1194mm　1/32
印　　张	5.25
版　　次	2016 年 2 月第 1 版第 1 次印刷
字　　数	45 千字
书　　号	ISBN 978-7-5500-1553-1
定　　价	16.00 元

赣版权登字：05-2015-405
版权所有，侵权必究

网址　http://www.bhzwy.com
图书若有印装错误，影响阅读，可向承印厂联系调换。

目 录

克瓦特探案集

倒霉的侦探和小偷

宋宇 译

曾经有一个著名的侦探同事说过：私家侦探是不会生病的。私家侦探会在监视嫌疑犯时，从屋顶上摔下来，或者撞坏了自己那辆生了锈的汽车；他们也可能在侦查中，被打掉一颗牙齿，或者被人从冰冷的水沟里救出来，浑身湿淋淋的，牙齿还咯咯

地打着战。但是像感染流行感冒，得扁桃体炎或其他小病，对于一个私家侦探来说，是不可能发生的事。

那个受人尊敬的侦探同事所说的格言，肯定是指成人私家侦探。不管怎样，我才刚刚十岁，就已经得过很多疾病了，也就是孩子常得的那些病：风疹、水痘、猩红热、麻疹、流行性腮腺炎，去年甚至还得了猪流感。尽管我的妈妈是小儿科的护士，但她对"接种疫苗"这种事不屑一顾。直到几个星期以前，在我所得的一系列疾病里，就只缺"严重事故"了。所谓的严重事故，比如，在田间小路或高速公路上追捕疑犯时，汽车翻跟头了，汽车的玻璃窗

也爆裂了，最后来了一辆救护车，响着嘀嘟嘀嘟的喇叭声，然后追捕就结束了。

然而有一天，我真的发生了一场事故，不过起因却完全出乎我的预料。

如果詹姆斯·邦德① 在场的话，他肯定会

---

① 詹姆斯·邦德：一套小说和系列电影的主角名字。在故事里，他是英国情报机构军情六处的特工，代号007。

难以控制地发出痉挛性的狂笑。对于这一点，我可以拿任何东西来打赌。

而夏洛克·福尔摩斯可能会从鼻梁上取下单片眼镜，然后慢慢吞吞、仔仔细细地拍干净他的烟斗，说："这个克瓦特真是个笨手笨脚的人。华生博士，您说呢？"

时至今日，也许每个人都已经知道，我早已对卡本特牌口香糖上了瘾。如果没有这种口香糖，我的脑子就会动力不足。不管是刑事案件，还是回家做作业，或者是课堂做练习——只要有卡本特牌口香糖，一切都会变得轻而易举。

我的上一个案子发生在一天早晨。那天，我不得不放弃我那无与伦比的口香糖。因为前一天，我去好朋友奥尔佳的小售货亭买口香糖时，才得知那个口香糖供货商在开车前往奥尔佳店的半路上出了车祸，他的大卡车撞上了一个路灯杆子。奥尔佳也不知道，她什么时候才

能得到卡本特牌口香糖。

因此，我上床睡觉时心情很糟糕，一个晚上都没睡好觉。康泽尔曼先生是我的班主任，他通知大家，第二天全班要做一个听写考试。在没有口香糖的情况下，如果我的考试成绩能得 4 分 [①]，我就会很高兴了。

这天早晨七点左右，我起床了。我感到很累，拖着沉重的步子走进浴室。当照镜子时，我突然看到我的曾祖父站在我面前。

他向我问候："喂，你好吗？"

我也回应道："喂，你好吗？"他的声音听起来和我的一模一样。虽然我不敢相信，但这

---

① 德国的考试分数制是六分制，1分是最高最好，6分是最差最低。

就是我——镜子里这个人浮肿的眼睛

和粘在一起的头

发，以及正眯

着眼睛看着我的

模样——那肯定

就是我自己了！

刷牙

吃早饭时，妈妈问我："今天学校里有什么特别要做的练习？"

我一边毫无兴趣地往嘴里胡乱塞着小面包，一边嘟嘟囔囔地说："我们要参加听写考试。"

妈妈想鼓励我，于是说："会成功的。"

"我一块口香糖也没有了。"我解释说，"奥尔佳的供货商出了车祸！"

"没有你的卡本特牌口香糖，你也会考好的。"然后妈妈看了一下手表，大吃一惊，叫了起来，"但是，现在你必须走了！"她一边用手胡捋一把我的头发，把我上好发乳的卷发搞得乱蓬蓬的，一边把面包塞到我的手里，让我带到学校里去当午饭吃，然后又快步把我送到门口。

屋外，天还没完全亮，太阳隐藏在乌云后面。很明显，下过雨了。湿漉漉的路面，闪闪发光。

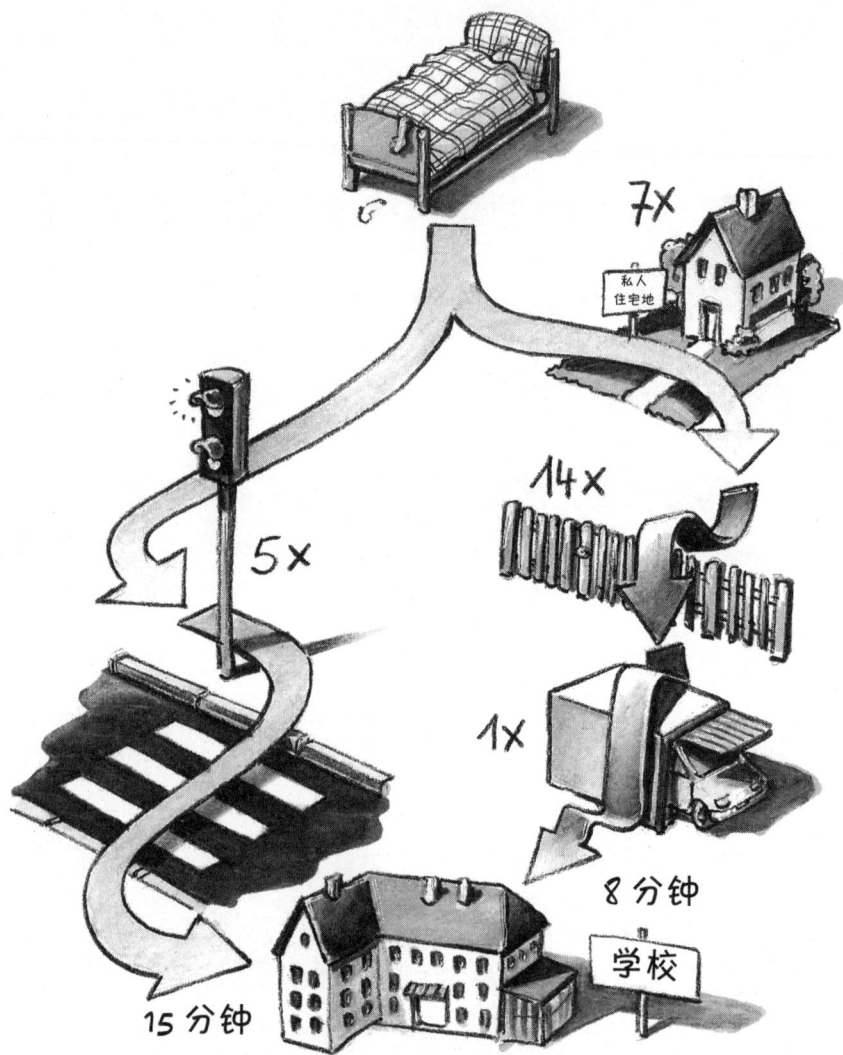

7×

私人
住宅地

5×

14×

1×

8分钟

学校

15分钟

12

对于我上学要走的路，有两条路线可以供我选择。

第一条路要走一刻钟，一路上整整有五个交通红绿灯。每当我急匆匆地跑到路口时，那交通指示灯就跳转成红灯了。

第二条上学的路要走八分钟。我要穿过七个私人住宅地，跨越十四道篱笆，最后还要攀越一个车库的屋顶。

不过，只有在极其紧急的情况下，我才走第二条路。毫无幽默感的私人住宅地的主人已经好几次威胁我，要去报告警察……

除此之外，我还必须小心提防那些

狗——一只是巨大的罗威纳犬，总是露出它的

整副牙齿，就像一只张着血盆大口的霸王龙，

还有一只是短毛猎犬。

　　还有十分钟就要上课了，我不想太晚到学校

做听写考试，所以我只能选择走最近的那条路了。

走了一半路程，离到校的时间还绰绰有余。罗威纳犬和短毛猎犬看起来就像它们的主人一样，还在睡觉。我奔跑到一幢别墅低矮的篱笆栅栏前，一个大跨步就跳过去了，然后……

……然后，我就一下子跌进了一个深深的洞里。

我已经无法回忆是怎样跌进去的，一切都发生得太快。但是我知道，在接下来的一段时间里，我感觉快窒息了。因为我的头埋在了一个深褐色的、油腻腻的污泥里。

我马上从污泥里抬起头，并想站起来。但是，我的左腿不能动弹，并且非常疼痛，痛得我几乎要晕过去了。

　　我擦去眼睛上的污泥，看了看周围的情况，发现自己跌进了一个洞里。这个洞大约有

两米深，而且四壁很光滑。

即使我的腿不疼，我也不可能爬出去。

这是有人特意为我设下的一个陷阱吗？比如，我最大的敌人"蛇"？胡说八道，我骂我自己。那个绰号叫"蛇"的迪特尔·施朗，他怎么会知道，我今天上学晚了呢？

天空越来越明亮，我能听到树上的鸟叫声和远处的狗叫声。"救命！"我竭尽全力，大声呼叫起来，"救命，我在洞底！"

"救命！"我继续大叫，可是头顶上空静悄悄的，一点声音也没有。"没有人听见我的叫声吗？"

在我呼叫时，我的左腿越来越疼了。

在这个时候，除了疼，我慢慢感到自己的腿就像一头大象，变得又粗又大又重。

"我受伤了！"我大声叫喊，"为什么没有人来帮助我？我们马上要做一个听写考试！"

我也不知道为什么自己要这样叫喊。当我就这样喊出时，我突然想到学校里即将可能发生的一切，内心顿时感到万分绝望，在接下来的一瞬间，我两眼发黑晕了过去。

克瓦特

2 米 ↓

当我听到妈妈的呼叫声时，我又清醒了过来。

"我在下面呢。"我闭着眼睛，含糊不清地说，"在洞底。"

"你在医院里，你这最可怜的孩子。"妈妈一边回答，一边抚摩着我的头发。

19

我摸了摸身边，那里果然没有褐色的污泥了。当环顾四周时，我发现眼前的一切都是白颜色的：墙壁、窗框、床和我的妈妈。妈妈穿着护士的白色工作服，正坐在我的床边。

　　"我跌倒了……"我刚开口说话，妈妈就把她的手指放在我的嘴唇上："不要说话。这对你来说太费力了。"

　　"瞎说。"我反抗着。其实妈妈说得很对，我感到自己就像经历了15个回合以上的拳击比赛。

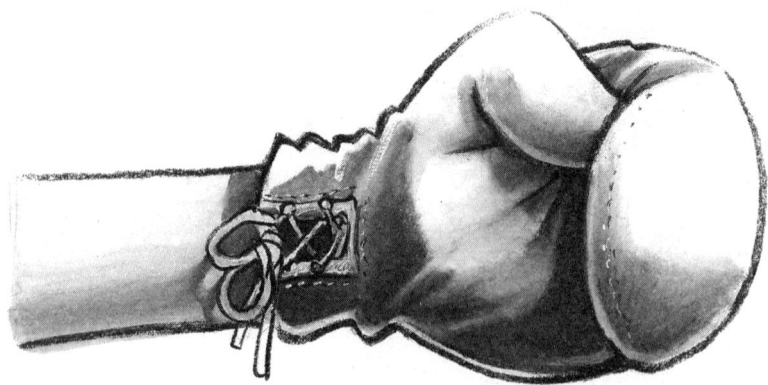

但是我的好奇心胜过了我的精疲力竭。"我是在你工作的伊丽莎白医院里吗？"我想知道。

"不是，你是在圣·马林医院里。"妈妈回答说。

"是你把我从洞里拉出来的吗？"我继续问。

妈妈摇摇头说："是别墅的主人。他让人挖了这个洞，想在那里放一个小亭子。现在他严厉地责备着自己，认为自己在那块施工的地方，没有做好安全防范措施。"

"请转告他，是我自己太傻了。"我请求妈妈，并闭上了眼睛，"是我自己根本没注意到。"

"我会转告他。"妈妈答应了我的请求，然后说，"现在你要好好睡觉，好吗？"

"好，好。"我含含糊糊地回答，"但是在睡觉之前，我还想知道两件事。第一件事：听写考试怎么办？"

"听写考试取消了。"妈妈回答说，"康泽尔曼先生把胃吃坏了。"

如果我不是这样虚弱无力的话，我肯定会放声大笑的。我这样冒着生命危险——是为了什么？

真是白费力气一场！

可能康泽尔曼先生坐在马桶上拉肚子的时候，我正好躺在污泥里呢。

　　"我什么时候能出院呢?"我提出了第二个

问题。我的左腿不疼了,我肯定那仅仅是扭伤

而已,所以没有必要在医院里待太久。但是在

妈妈回答之前,我已经睡着了。

不可能是"扭伤"！我的腿在跌入洞时摔断了，有三个地方都骨折了！当救护车闪着蓝色的警示灯，嘀嘟嘀嘟地把我送到医院以后，主任医生就给我拍了X光片，并做了仔细的检查，然后马上用推车把我推进了手术室。在那里，他给我的骨头装上了钢钉和钢板。

我已经躺在圣·马林医院儿科11号病房四天了，我感到很无聊。蒙梯也同样为此一筹莫展。

蒙梯是一个男孩，是我的同室病友。他在和他的妹妹扭打着玩时，傻乎乎地把下颌骨给摔折了。在开刀以后，他是不允许说话的。幸好蒙梯懂得聋哑人的手势语，他把他的请求和其他信息都写在一个小本子上。

不管怎样，我现在已经能彻底理解，我的侦探同事说的那句话的真正含义。

什么叫"一个侦探是不会生病的"——所有的私家侦探对任何事物都很容易感到无聊。

可能就是因为这一点，他们才选择了侦探这个

职业。像我这样的人，要我长期卧床休息，就

是对我最严厉的惩罚。

当然，我妈妈常常来看我。还有几个同学

也来和我玩。甚至康泽尔曼先生也来看望过

我。他送给我三套卡莱·布鲁姆奎斯特少年侦

探书，那是瑞典著名儿童文学女作家阿斯特丽

德·林格伦写的。

我原本从不认为，这个爱唠叨的老师有很大的同情心。

那个别墅的主人让人给我寄来了不少于12本的少年侦探书。他给我打电话，答应我，只要他出差回来，就会邀请我去喝可可饮料、吃巧克力蛋糕。然而，我每天还是无所事事，只能看书或看电视——这样长期下去，会使一个侦探发疯的。

医院的日常生活千篇一律、单调无趣，直到我那年纪最大的，也最要好的铁杆朋友奥尔佳来看望我时，才有所改变。奥尔佳一只手捧着一大束鲜花，另一只手提着一个小箱子，箱子里有八种不同的果汁。

"啊呀，我的小天使！"她尖声喊道，"你妈妈今天才把你的事告诉我！真可怕！你一个人在那深深的洞里面待了那么久！而且没有人听到你的叫喊声！"

说完，奥尔佳打开了她随身带来的手提包，从中取出一个小纸盒。我能猜到里面是什么，奥尔佳完全知道，我需要的是什么。

我谢过她以后，就把那个小纸盒打开。

当我的舌尖刚刚感觉到卡本特牌口香糖的

味道时，这个世界就突然变了样。

我不得不放弃口香糖已经有整整 3 天又 12

个小时了。如果那些护士没有把我这摔断的腿

吊在床上的"绞刑架"上的话，那么现在的我

已经做好准备，去做一切我想做的事了。

"你什么时候出院？"奥尔佳一边问我，一边把鲜花插进花瓶，然后又给我倒了一杯柠檬果汁。她也给蒙梯倒了一杯，并给他拿了一根吸管。蒙梯的下颌被缝起来了，所以他还不能在杯子或其他盛具里直接喝饮料。

"主任医生说，可能得在一个星期以后。"我有些沮丧地回答她。

奥尔佳吻了我一下。一般来说，只有在我生日那天我才允许她吻我。不过今天这一次是个例外。毕竟她为我带来了那么多的东西，而且这些东西对一个受伤的侦探来说，恰恰都是生活必需品。

"我会想念你的，我的小甜心。"奥尔佳说。

"不要这样叫我！"我大声抱怨道。而一旁的蒙梯刚想露齿取笑我，又马上停止了，因为一张口就会使他感到非常疼痛。

"对不起，克瓦特。"奥尔佳说着，顺手拖过一把椅子，坐到了我的床边，"这儿的儿科住院部有点不太对头。"她悄悄地跟我继续说，"我想这里有一个小偷！"

"你怎么会这样想？"

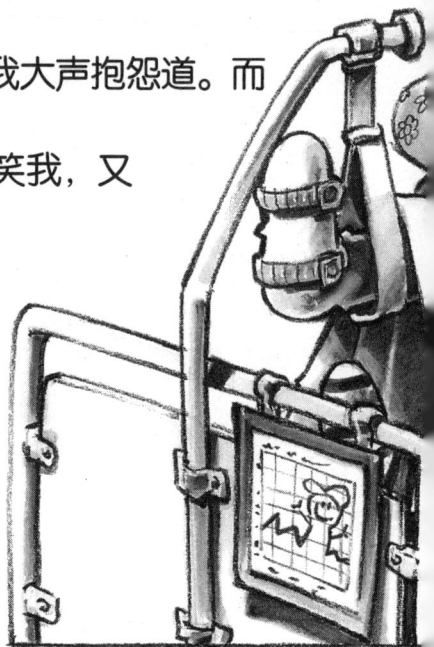

"我已经观察到他了。"

这当然引起了我的兴趣——尽管我被绑在

床上。"说吧！"我说。

随后，我知道了这件事的前后经过：刚

才，奥尔佳走错了病房，于是她看到一个穿着睡衣的男孩，站在病房的床头柜旁装模作样地找东西。

真感谢奥尔佳的好心好意，她想让我的大脑思考问题，但是我不想管这种孩子们之间鸡毛蒜皮的小事情。"我们是在医院里。"我打着哈欠说，"这里的每个病人都有自己的床头柜，这你是知道的。"

"我知道，克瓦特，我又不笨。但是你不知道，当我走进那间病房时，那个男孩是多么惊慌失措啊！那绝不是他自己的病房，克瓦特。他是一个小偷。为此，我可以用我的小售货亭打赌。"

我把手伸向奥尔佳说："好的——用你的

小售货亭来换我这里的三本卡莱·布鲁姆奎斯特少年侦探书！"

我给奥尔佳看康泽尔曼先生送的礼物。

奥尔佳笑了，笑声是那样的响亮。在她安静下来后，她说："不，我对那些不感兴趣。如果这个儿科住院部里真的没有小偷的话，你就能得到十盒卡本特牌口香糖。

"但是，如果这里确实有个小偷，那么你就要帮助我整理我的售货亭。很快，它就要重新被装修了。同意吗?"

"同意。"我说，并向她伸出了我的手。奥尔佳和我击掌为誓，我们打赌的事就这样敲定了。

"你是在哪个病房看到那个男孩的?"我问。

"在 22 号病房里。"

"他长什么样?"我继续问她。

"他像你这么高，留着短短的黑头发，穿着黑白两色的睡衣。"奥尔佳说。

第一天——无聊
第二天——无聊
第3天——终于有
点事可做了！！

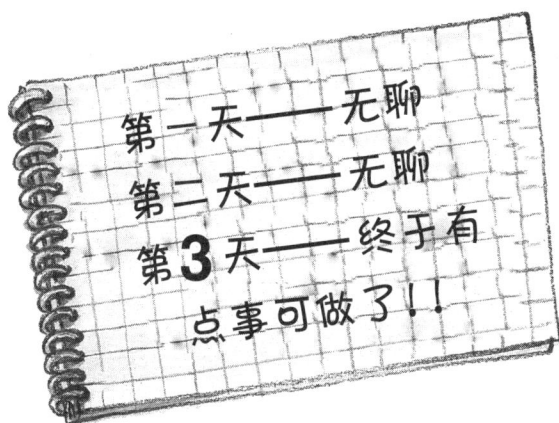

虽然我不相信奥尔佳的怀疑，但是我小小的灰色脑细胞已经兴奋起来了，因为终于又能做点事了。

"你乐意帮助我吗？"我用请求的语气问奥尔佳。

"我当然乐意，我的孩子。"她回答说。

我又看看蒙梯。这次他没再露牙嘲笑。

"你再帮我去看一下你的小偷是否还在 22

号病房。"

"好的。"

当奥尔佳从 22 号病房回来后，她说："那间病房里现在有两个小女孩躺在床上。"

我继续问她："你看到那个男孩了吗?"

奥尔佳摇了摇头。

这可能真的会是我的新案子，尽管我并不相信那个男孩会是小偷。但是我有预感，真相很快就能大白天下，没准是这个男孩曾在那间病房住过，他有重要的东西忘在了床头柜里。

过了一会儿，奥尔佳向我告别。她说：

"你要小心一点，医院里曾经发生过很糟糕的事情。电视里曾放过一部电影……但是我不愿意让你感到害怕。再见，你们两位！"

几乎还没等奥尔佳离开病房，我就问蒙梯："你愿意帮助我吗？"

他点了点头。

"不要害怕，不会有危险的。"我对他解释说。

蒙梯耸了耸肩。没准他心里也跟我一样感到高兴，因为我们终于有事可干了。

吃过晚饭，我让蒙梯去住院部办公室打听，奥尔佳所怀疑的那个小偷住在哪个病房。此外，他还要上上下下到处了解一下，医院里是否有什么失窃的事情发生。

蒙梯一回来，就马上在他的小本子上密密麻麻地写了起来。

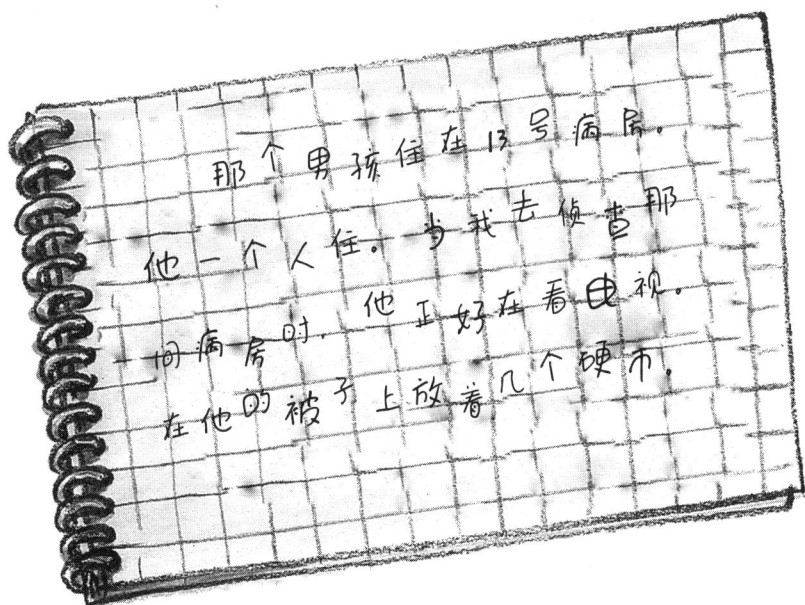

那个男孩住在13号病房。他一个人住。当我去侦查那间病房时，他正好在看电视。在他的被子上放着几个硬币。

噢，我的天哪！说实话，尽管我自己也不能把字写得很好，但是和蒙梯比起来，我简直称得上是一个大天才。

"就这些？"我问他。

他点点头。

"你打听到什么了？在哪里发生了偷窃？"

他摇摇头。

"好的。"我说，"谢谢你帮助了我。"

他从我手里拿回了小本子，在上面写道：

"接下来干什么？"

看起来，这个小男孩好像已经完全兴奋起

来了。"我还不知道具体要做什么。"我回答说，

"明天必须问问所有的孩子，是否有人丢了东

西。你愿意干吗？"

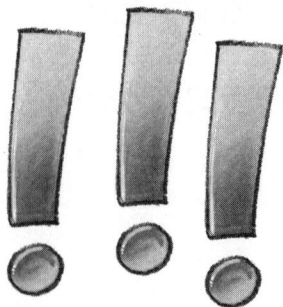

"当然！"

他在小本子上写下了

这两个字。

第二天早晨，安娜护士来叫醒我们。"哎呀，先生们已经醒了。"她说着就把遮光窗帘拉了上去，"今天你们有什么安排？"

"我们感到很无聊。"我回答说，"就像往常一样。"

"你们一切都好吗？"当她整理我的床，检查病床上挂腿的吊架时，又问我们。

"好啊。为什么这样问？"我反问她。

"噢，随便问问而已。"

这时，我的鼻子开始发痒。每当我的侦查直觉来的时候，鼻子就会发痒。"请别骗我！这里发生了一些事，很不对劲！我是私家侦探，您不能这样糊弄我们。"

安娜护士犹豫了一会儿，终于决定开口：

"有人偷了一个小女孩的 5 欧元。这难道不是一件糟糕的事吗？在我们的儿科住院部还从没发生过什么偷窃的事啊！"

"这肯定不会是我干的！"我一边说着，一边在胡思乱想。

安娜护士微笑着说："你的腿挂在吊架上，没有比这更充分的证据了，说明你确实不在犯罪现场。对吗？但是，我们的蒙梯呢？"她眨了眨眼睛问。

蒙梯的脸都扭曲得变形了。"他不会。"我马上说，"他整晚都在打呼！"

蒙梯在他的小本子上写了几个字，然后递

给我。上面写着"笨蛋"两个字。

当安娜护士走了以后，我陷入了沉思。我该怎么做呢？我该把我从奥尔佳那里得到的消息告诉西格琳德护士吗？她是儿科住院部的护士长，无论大事小事总是唠叨个没完。还是应该和我们住院部的医生谈谈呢？

不行！最好的办法，还是先让蒙梯去侦查一下。如果他有了令人感兴趣的消息，我可以再转告给儿科住院部的领导。

当我做完医疗康复操，而蒙梯也去颌外科医生处做完复查后，我同病房的室友蒙梯就出发了。

为了保险起见，我在他的小本子上写下："有人偷了你的东西吗?"人们真的需要特殊功能，才能看懂蒙梯在小本子上写的字。不是每个人都有这种能力的，更不用说，一个刚开过刀，服着止疼药，还躺在床上，脑子昏昏沉沉的人。

时间过去了许
久，蒙梯还没回来。
难道是护士们发现
了他的小本子？那
上面还有我写的问
话呢。难道她们现在正在审问蒙梯？我们的破
案计划成了泡影吗？噢，神探卡莱·布鲁姆奎
斯特呀！在这关键时刻，如果我有两条健康的
腿，该多好啊！

门终于开了，蒙
梯走了进来。

如果蒙梯的下颌
没有骨折的话，他一

定早就嬉皮笑脸地咧嘴笑开了。尽管如此，他

依然能让自己的眼睛大笑，这也不错。

"怎么样?"我问他。

蒙梯坐到窗前的桌子边，开始写字。然后

把那个小本子递给躺在床上的我。

"3 号、7 号、18 号和 19 号病房失窃。"我读了起来，"钱、糖果、小手链和耳环。"

"太好了，蒙梯。"我说，"所有的人都报失了吗?"

他点了点头。

如果我现在很健康，那么我想马上就去好好问问 3 号、7 号、18 号和 19 号病房的孩子。但是我的腿还挂在吊架上。除非有奇迹发生，否则我还需要很长一段时间才能下地走路。

看起来，蒙梯在儿科病房里跑来跑去并没有引起护士们的注意，这样就方便了我们的侦查工作。所以我马上交给蒙梯第二个任务。他得监视13号病房的男孩。那个男孩就是我的主要嫌疑人——目前为止，没有其他的怀疑对象出现。

半小时以后，完成了侦查工作的蒙梯回来了。

50

当他看见我询问的眼神时，他开始在纸上写："他到过 6 号和 8 号病房。这两个病房都没有人。他在休失柜里翻来翻去地寻找东西。"

"你是指'床头柜'吧。"我问蒙梯。

他点点头。

"怎么样？那个男孩拿了什么东西吗？"我

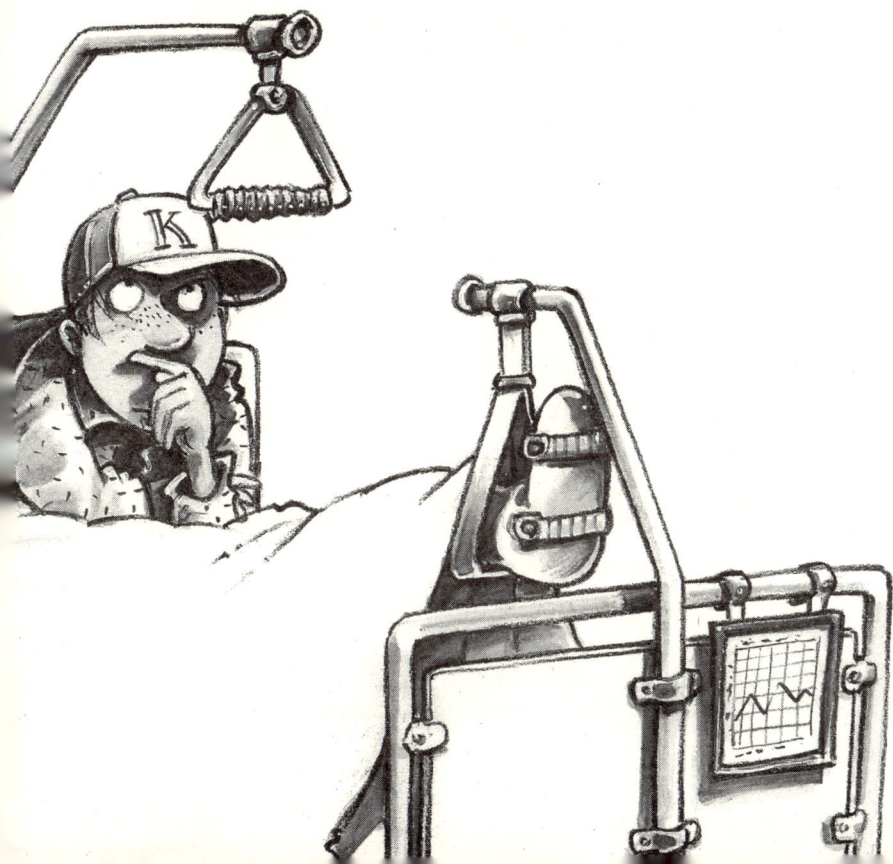

想知道。

蒙梯耸了耸双肩。

当他躺到床上后，我又陷入了深思之中。

如果我没有估计错的话，这个案件是这样的：只要那个小偷知道，哪个儿童病房的孩子去上石膏绷带，或者去做医疗康复操，他就趁机赶快下手。可问题是，得有证据证明是他偷窃才行。但是，在那本《私家侦探基本守则》里是怎样写的呢？

"一定要设法在现场逮住嫌疑犯。这

样就可以迫使他不得不承认自己的犯罪行为。"

"听着。"我伏在蒙梯的耳朵边,详细地解释了我的计划。

下午有一场游戏活动,地点在儿科厨房旁边的大活动室里。可距离游戏时间还有一会儿,所以我们就先看书、看电视;过了一会儿,还是看书、看电视。等我的侦查欲望冉冉升起时,已经过去了两个小时。

门终于开了,安娜护士走了进来。"下午的大型游戏活动马上就要开始了。"她对蒙梯说,"你想一起参加吗?"

蒙梯点了点头。

"我也想。"我说,"蒙梯会把我推过去的。"

安娜护士歪着脸说："带着床和吊架？这样会把活动室搞得很挤！"

"安娜护士，我求你了，就让我去吧！否则我一个人在病房里会感到非常无聊的。"我瓮声瓮气地恳求着。

"那好吧，你说服了我，你这个小淘气。但是如果你感到累了，要马上告诉我，好吗？"安娜护士说完就走了。我马上从我的小钱包里拿出两个1欧元的硬币，把它们放

在床头柜上。蒙梯在我的硬币旁放了一枚沙

尔克 04 足球俱乐部 ① 的徽章，然后把我连人

带床一起推去了活动室。活动室里有一个女教

师正和几个孩子一起玩跑马游戏。

① 沙尔克 04 足球俱乐部：是一支活跃在德国和欧洲足坛的传统劲旅。

　　"那里有个男孩，他就是住在 13 号病房的吗？"我悄悄地问蒙梯。

　　蒙梯摇摇头。

　　"你知道，你该做什么。"我说。

　　蒙梯点点头，离开了活动室。

　　这时，那个女教师发现了我，对我招了招手："哈罗！你还没来过我们的活动室，

对吗？"

"对的。"

"你叫什么名字？"

"克瓦特。"

"这应该是你的姓，你肯定也有

名吧。"她说。

"当然。"

她似乎还有话想说，但没有继续，而是问

我："你想要哪匹马？"

"那匹红马。"我回答说。

正在这时，蒙梯冲了进来。他放开了我病

床的刹车，快速地把我推出活动室。那个女教

师和其他孩子都张大嘴看着我们。

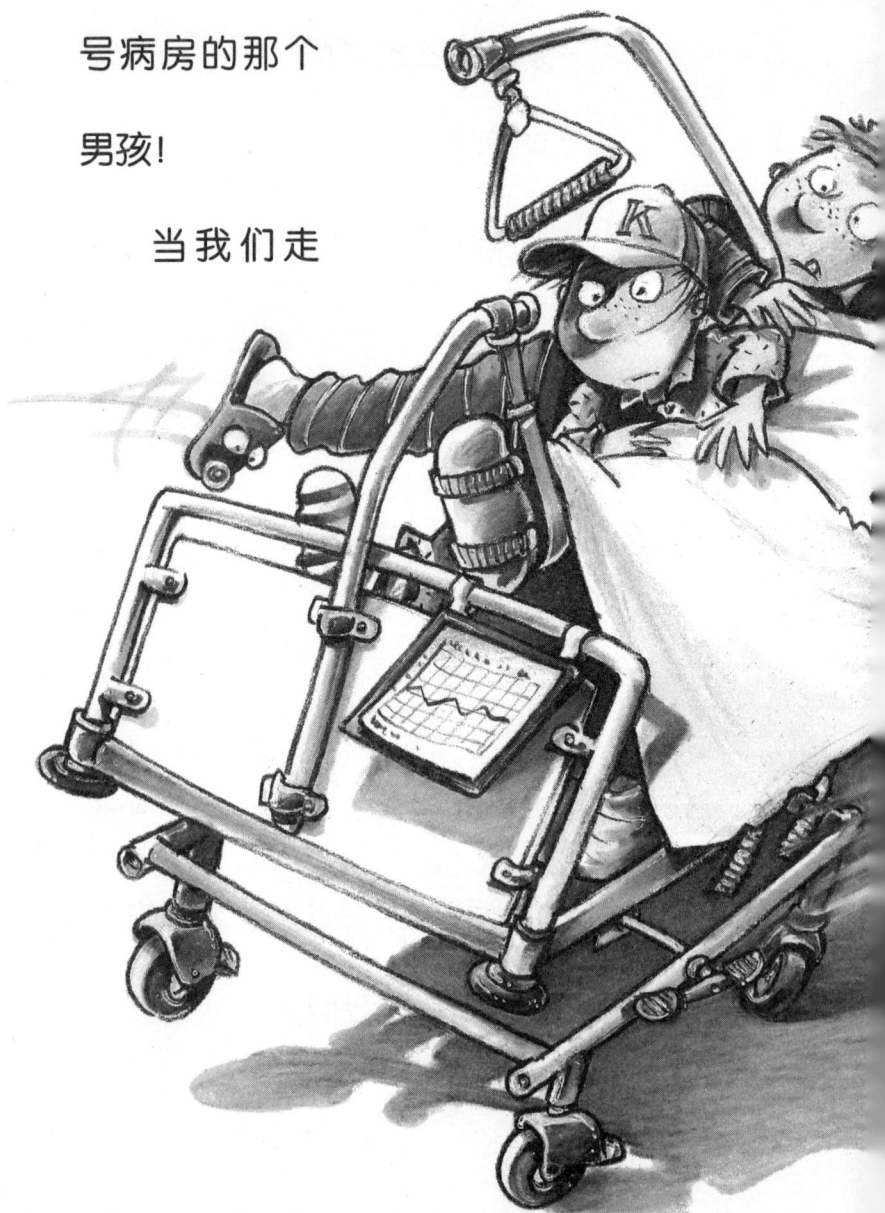

时机把握得分毫不差，在 3 秒钟后，我看到有人在我房间的床头柜里翻找东西。就是 13 号病房的那个男孩！

当我们走

进病房时，那个男孩闪电般快速转过身来。

"事情并不像你们想的那样。"他说。对于我的突然出现，他的脸色既不红也不白。这真是奇怪，甚至可以说非常奇怪。

要么他是我打过交道的最冷酷的小偷，要么这个案件并不如我们所见这般简单。说不定，比我预估的要复杂得多。

"你说说，我们想的是什么呢？"我问他。我的床正好堵住门口，那个男孩不能从这儿逃出去。如果他想逃走的话，只能从开着的窗子爬出去。

"你们认为我要偷你们的东西。"他说完，指了指那两个 1 欧元的硬币和沙尔克 04 足球俱乐部的徽章。那是我们刚才放在床头柜上的。

"但是，你们的东西还在这里。"

"因为，你没有时间把它们放进口袋里去。"我说。

那个男孩摇了摇头说："你是克瓦特，对吗？"

我点点头。

"安娜护士说有一个男孩，即使躺在床上也从不脱帽子。"他继续说，"我就知道，那肯定是你。"

"然后呢？"

"你想一下。"他说，"如果小偷知道你也在这里，他还会到儿科病房来偷东西吗？"他用充满疑问的目光打量着我，接着自问自答，"当然不会。"

"那么你在我们的病房里干什么呢？"我问。蒙梯站在一旁用敬佩的眼神看着我。

可能蒙梯还不知道，我是多么地扬名天

下。老实说，我也不想他知道……

克瓦特

这个时代
最伟大的侦探

可能蒙梯还不知道，我是多么地扬名天下。老实说，我也不想他知道……

那个 13 号病房的男孩向我走近了一步，说："我自己也被偷了 4 欧元。当时我把钱放在我的床头柜上，就在两天前，我拍完 X 光片回来以后，那 4 欧元就不见了。"

"可你为什么不告诉护士们呢？"我想知道。

他犹豫了一会儿，说："我……我一直想当一名侦探，就像你克瓦特，一样的侦探。"他继续说，"我想，我自己能破这个案件。"

"所以，你就到所有的病房里去侦查，看看能否找到被偷走的东西。对吗？"我说。

他点点头。

"那么你也有怀疑的对象吧。"我肯定地说。

"没怀疑你，克瓦特，你得一直躺床上。"

他指着蒙梯说，"我怀疑的是他。"他继续说，

"他一直在儿科病房到处乱转。"

这听起来很令人信服。

不过，这个男孩仍然是作案嫌疑人——就和儿科住院部所有的孩子、所有的医生护士一样，他们都是我的怀疑对象。

"现在你们可以让我走了吗？"他问。

我用手向蒙梯示意，让他把我的床推回原来的位子。

"等一下!"我向13号病房男孩的背影喊了一声,"如果你不是小偷,那么谁是小偷呢?你可能还有一个嫌疑人,不是吗?"

他摇了摇头说:"我想,如果我能在一个病房里找到我的钱,那么这个案子就算破了。唉,真倒霉。"

"你说得倒不错。你究竟叫什么名字?"

"施密特。"

"就叫施密特?"

"就叫施密特,克瓦特。"

还没等这个男孩离开，安娜护士就急匆匆地来到我们的病房。"真是难以想象！"她激动地叫了起来，"又有一个孩子的钱被偷了！"

"什么时候？"我问。

"五分钟之前。那两个小女孩去拍 X 光片，就离开了很短的时间。"

66

我们一直认为那个自称为施密特的男孩是小偷，但现在能肯定他不是。因为在几秒钟以前，我还一直和他说着话呢。所以我可以从嫌疑人的名单里去掉他的名字——只要不再发生偷窃案件。

"那个小女孩被偷走了多少钱？"我想知道。

"就一条小项链。"安娜护士回答，"但是被盗事件越来越多，而且是在儿科病房！这使我很不安！"

等安娜护士走后，我对蒙梯说："现在你必须在走廊里站岗，一直到我们抓住小偷为止。"

"好的。"蒙梯发出嘶哑的声音，然后离开了我们的病房。这是我第一次听到他说话。他的声音听起来怪怪的。这声音使我联想起金刚砂纸。

不知为什么，这一天我感到特别疲倦。可能是因为温暖的风通过开着的窗吹了进来。不知什么时候，我睡着了，睡得很香，完全进入了梦乡。梦里我有两条非常健康的腿，跟在一条黑白花斑的小狗后面狂奔。

那条狗偷了我的帽子。

　　尽管我跑得几乎要飞离地面，但我还是追

不上小狗。当我放弃追赶，精疲力竭地倒在草

地上时，我感到有什么东西在我的耳边响动，

发出了嗒嗒嗒和咯咯咯的声音。这声响过了一会儿安静下来，不久又重新响起。我费了很大的劲，才睁开一只眼睛，并把头转向发出声音的那一边——这时，我能肯定，我已经不是在做梦了。因为我正好看到一只喜鹊，它正用嘴啄起床头的一块硬币，然后从窗户飞了

出去。它那一身黑白两色的羽毛在阳光下闪闪发光。

如果我不是被捆绑在床上，我肯定会马上爬起来，看看这只喜鹊究竟要带着它的猎物飞到哪里去。这时，我只看到床头柜上的两个硬币和沙尔克 04 足球俱乐部的徽章都不见了。

看来，在我睡觉时，那只喜鹊把我们的东西都弄走了。

现在我才恍然大悟：喜鹊喜欢所有发光的东西。

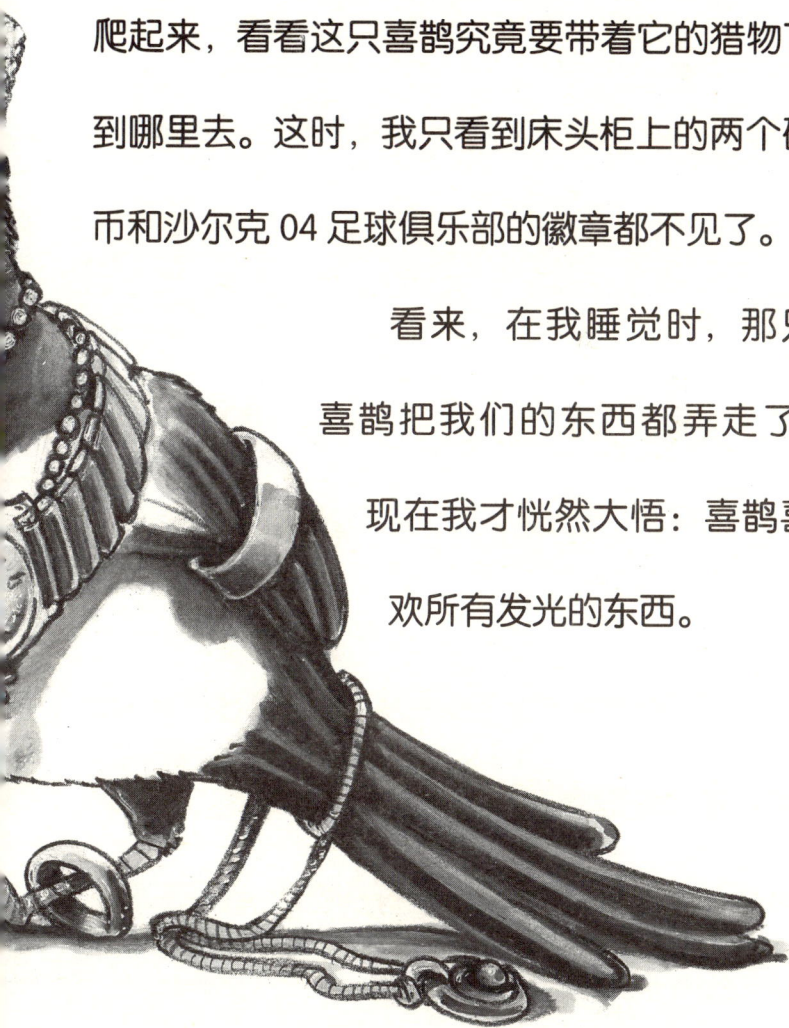

只要孩子们离开病房，只要窗子开着，这只喜鹊就马上开始行动。我刚才睡着了，这只喜鹊没有发现我，一个躺在床上的人，就在它作案现场的旁边。

我从床上坐了起来，大声叫喊："蒙梯!"

蒙梯马上冲了进来，好像他就等在门外一样。

"出什么事了?"他用沙哑的嗓音问我。

"小偷是一只喜鹊。"我说。

"谁?"

我把刚才发生的事告诉了他。他聚精会神地听着，然后用那种粗汉般的声音说："我再问问，窗子是否都是开着的。我是指硬币被偷

的病房的窗子。"

"好，你去办这件事。"我说。但是我已经

完全能肯定，他的调查会是什么结果。

果然，完全如我所预料的那样，蒙梯报告说，所有失窃的病房当时的窗子都是开着的。

在我向儿科住院部的西格琳德护士长解释了谁是小偷后，她问我："那我们现在该怎么办呢？我们也不能为了提防这只放肆的喜鹊，而一直把窗子关得紧紧的！要知道，医院必须通风！"

"请你告诉孩子们，不要再把发

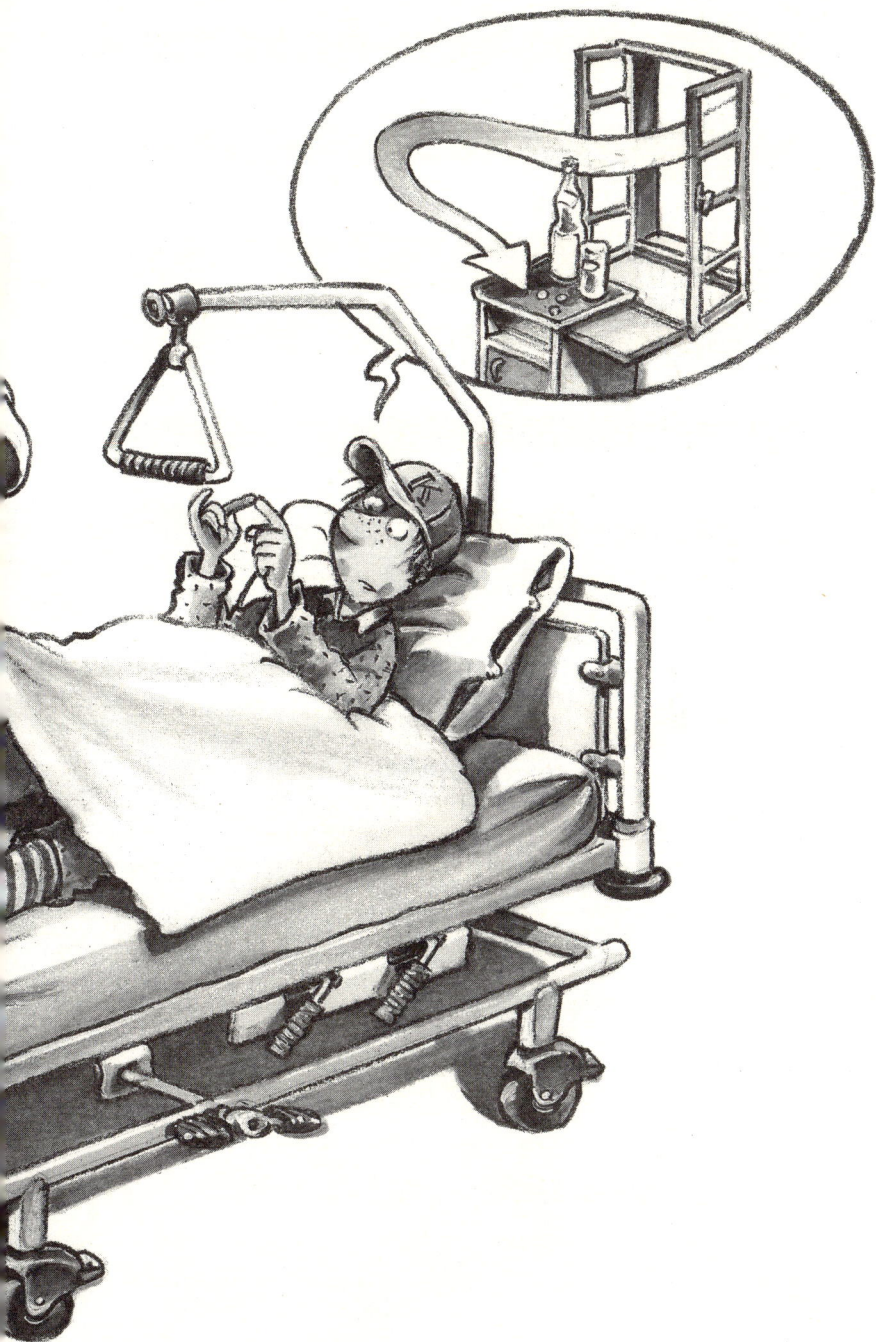

光的东西放在床头柜上。"我回答说，"这样，这只喜鹊就不会再来捣乱了。"

"你能保证？"

"西格琳德护士长，我完全能保证。"我回答说，并补充道，"还有一点，请医院的房屋管理人拿一架梯子，爬到医院周围所有的树

上，去看看是否能找到那只喜鹊藏东西的窝。

他可能会幸运地找到所有失窃的东西。"

当西格琳德护士长回到住院部办公

室后，我问蒙梯："你愿意

成为我的助手

吗？你很有才能！我将教你

一切技能，也就是一个侦探必须掌握的

一切技能。"

蒙梯笑了，似乎他那开过刀的下颌不再使

他感到疼痛了。

"不行。"他用嘶哑的声音说，"很遗憾，

克瓦特。我将在两个星期后，和我的父母一起搬去西班牙。"

"太可惜了。"我说，"否则我们肯定会成为一支非常完美的团队。"

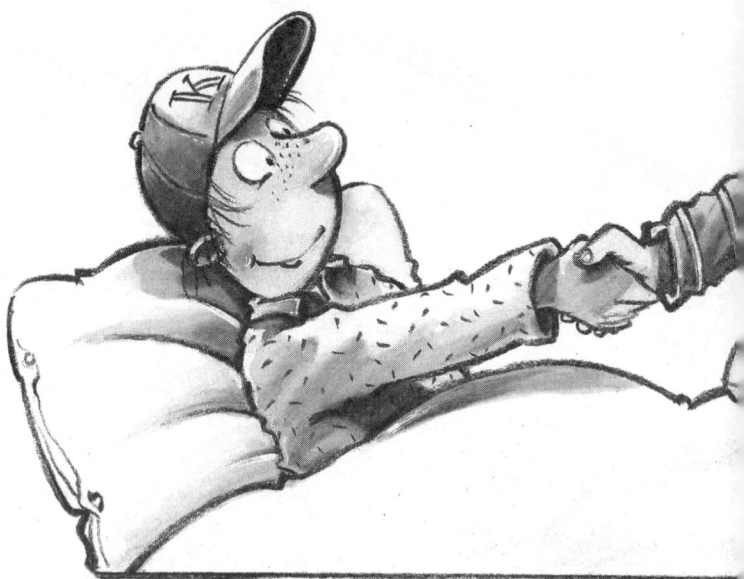

当我告诉奥尔佳，她那次偶然在病房里看到的事有了什么样的结局时，她立刻捧腹大笑

起来。

尽管我输了这次打赌，但奥尔佳还是送了我两盒卡本特牌口香糖。奥尔佳就是心肠好，只是她坚持一定要我帮助她重新布置小售货亭——当然要等我恢复健康以后。

在此后很长一段时间里，我要穿一种特殊的鞋子，并拄上拐杖才能走路。要等半年以后，维斯米勒医生才能把金属零件从我的腿里取出来。

我在住院期间也完成了听写考试。康泽尔曼先生出于对我的极大同情，允许我在考试时

嚼口香糖。果然不出我所料，有了口香糖，我的考试成绩得了 2 分。

此外，昨天我还收到西格琳德护士长寄来的一封信。信里有两个硬币和最新的消息：医院房屋管理人戳穿了那只喜鹊的阴谋诡计——它把偷来的东西都藏在树上一个废弃的鸟巢里；遗憾的是，那个房屋管理人还没来得及炫耀他的工作成就，就在下梯子时，从梯子上摔了下来。这个可怜的人摔断了一条腿。

"断了三个地方，和你完全一样。"西格琳德护士长写道，"这是不是很滑稽？"

天啊！这在说什么呀？一条腿断成三截，

还说很滑稽?

　　护士们的幽默有

时候真奇怪……

克瓦特探案集

小鱼大追捕

徐芊芊 译

我算不上一个滑板高手。我不会双翻滑，也不敢大幅度地跳滑，但是滑着滑板到我的老朋友奥尔佳的售货亭那里去，我那点滑板技术还是绰绰有余的。

昨天，我在去她那儿的路上被两个警察拦住了。他们是一个女警察和一个男警察。

"你叫什么名字?"那个男警察问我。

我沉默不语。

"他就是那个有名的克瓦特。"他

的女同事说道。

她的警帽下露出一条红色的辫子。

难道我抢了别人的道？还是我闯了红灯？我决定先不要开口，而是静观其言。

"你的滑板很酷。"那个男警察说。"但是玩滑板是一件很危险的事。"那个女警察插话道。

啊哈，是这么一回事！原来这两位是专门截下溜冰、骑自行车和玩滑板的人，好免费向他们普及道路交通

知识。

"我知道的。"我一边说，一边把刚刚滑行时被风吹歪到后脑勺的棒球帽扶正。

"你知道什么？"

"我应该戴安全帽，最好再戴上护肘以及护膝。哦，还有护手套。"我回答说，

"您想跟我说的也是这个，对不对？"

女警察点点头："你说对了。"

"现在我可以继续上路了吗？"我问。

两个人都点了点头。

"至少要戴安全帽，听见没有？要不然，到时受伤的是你自己。"男警察说。

"到时我们可要损失一位大侦探了。"女警察接过他的话说。

他们两个说得都在理，但是，我绝不会在他们面前乖乖承认的。因为警察和侦探的关系一直都比较别扭，以前不会相互喜欢，现在也不会互相喜欢，将来更没可能。总而言之就是这么一回事。

究其缘由，也许是因为我们私家侦探是不穿制服的，而且也没有呼啸的警车作为座驾；也可能是因为我们太频繁地横插到警察同行们的案子里。

这么说吧，自古以来私家侦探和警察之间合作的可能，就好比是八月天下雪的概率。

我们这片市区的警察局位于康拉德-阿登纳大街的尽头。马克斯·霍夫是

该所的局长，即总警察局长。副警察局长叫格尔德·豪瑟，我搞不清楚他是初级警长还是高级警长。

在最近几年里，我总是尽量避免和对方打交道。虽然有几次情况危急，我真想让他们帮我一把，但最后我都放弃了这种念头。警察和私家侦探从来都是互不待见的。

但是当我在奥尔佳的售货亭偶然碰上总警察局长霍夫后，看来这种形势

至少在接下来的几天，可能会出现变化。

他当时正在奥尔佳那里买那种令人讨厌的无滤嘴香烟，而我急需一包卡本特牌口香糖。众所周知，只要 24 小时没有这个小东西，我的脑子就会停止转动。

"你好，克瓦特！"奥尔佳大声叫我过去，"你有时间吗？"

"什么事？"我反问道。

马克斯·霍夫转过身。

我从背影就认出了这位警察局的局长。他长得虎背熊腰，像个重量级拳击手，手掌大得像个中型的平底锅，下巴像一

把大锤子。总之一句话，这个人

出现在哪里都是很显眼的。

"你们两个认识吗？"奥尔佳问道。

我点点头。

马克斯·霍夫先是迟疑一下，但还是点了点头。也许对他来说，在奥尔佳面前承认认识我这个小侦探是件挺尴尬的事。

"什么事？"我问。

"跟他说吧，你想让克瓦特帮什么忙。"奥尔佳对这位警长开口道。

他又变得犹豫起来，一边摘下头上的警帽，一边开始擦起鼻子来。"是这样的……"他总算开口了。

"是这么回事……我不知道该怎样讲……"

"给他看照片吧！"奥尔佳打断了他说。

马克斯·霍夫从口袋里掏出他的智能手机，点了下显示屏弹出一幅照片。照片上是一扇黑色的门，有人用白色粉笔在上面涂写了几行字：

马克斯·霍夫
是个蠢蛋！

我费了很大的劲才控制住没有笑出来。"怎么回事？"我问道。

95

他没有回答我，而是接着给我看下一张照片。又是写着"马克斯·霍夫是个蠢蛋"的一扇门，最后两张照片上也是同样的内容。

"您怀疑是我干的？这绝对不是我写的！"我说。

马克斯·霍夫笨拙地把手机塞回警服口袋里，深深地吸了一口气才接着说："已经连续四天发生这样的事了。每天早上我高高兴兴地去警察局，却在入口处的门上看到这样

的话。这简直太可恶了！你不觉得吗？"

我不觉得我应该点头附和，于是问道："您发现了什么线索吗？"他摇摇头。

"警察局的人可以看到入口处的门吗？"

"可以。"他回答说，"不过，大清早的执勤人员并不多。同事们都有正经事要忙，没有谁会去注意这种乱七八糟的涂鸦。"

"再给我看下那些照片。"我要求道。于是他又给我看了一遍。"从字迹上看，应该是小孩干的。"我推断说。

"我也这么认为。"他说。

"您为什么不自己在早上的时候埋伏在那里？"我问他。

马克斯·霍夫不知所措地望着我。"我自己?"他叫起来，声音提高了八度，"让我埋伏到那里？你怎么想的，你以为你面前站的是谁？我是总警察局长，你明白吗？我是警察局的一所之长，不是随便哪个看门人！要是让谁看到，我把我宝贵的时间花在教育某个没教养的小孩上，我……"

"所以，您想让我来帮您调查是谁在警察局的门上写了那个句子。"我打断他说。

"对，"奥尔佳连忙回答我，因为马克斯·霍夫又迟疑不决起来，"是的，克瓦特，他就是这样想的。"

最后这位总警察局长总算也点了点头："但是你在侦查的过程中要小心，听到没有？我不想被人看成是对小孩不友好的人！"

"别担心，我很专业。"

"还有，不可以告诉其他人你为我工作的事。"他接着说，"特别是我的同事。"

"您知道我的酬金是多少吗？"我问他。

"五包这种特别的口香糖。"他回答，"叫

'卡破了'口香糖还是什么的。"

"卡本特牌口香糖!"我纠正了他的读音。这时,奥尔佳已经悄悄地把一包口香糖放到了柜台上:"您也该试一下!这东西有益于思考。"

可眼前这男人依然面无表情。我心想,他可真是个顽固无趣的人。

我故意让他心神不定了好一会儿,才说:"好吧,我接下这个案子。"我向马克斯·霍夫伸出手,他握住了我的手作为回应。被像煎锅一样的手握住,是很可能会被挤伤的。但是警长握的时候很小心,比握一个生鸡蛋还小心。

已侦破的案子：

2 ✗ 盗窃案

1 ✗ 绑架案

2 ✗ 诈骗案

3 ✗ 诽谤案

1 ✗ 抢劫案

作为一个私家侦探，我经手过很多各色各样的案例，偷窃和抢劫案以及欺诈或绑架案我都办过。

这次接手的新案子按照《私家侦探基本守则》中的划分仅仅算是公物损害案，或者说得更直白些，一起蠢小孩的恶作剧。办这种案子，打个高级点的比方，那就是抓几条小鱼的事。我很确信，用不了一天的时间，我就可以破这个案子。

我妈妈的睡眠一向很好。如果那天她在医院上的是晚班，那么回家后只要她一躺下去，就算是暴风骤雨或者放一千响鞭炮都吵不醒她。因此对于第二天一早的起床，我根本不担心，不是特别轻手轻脚也不会有问题。于是，我把闹钟调到五点半。如果我的判断没有出错，那么这桩案子的作案者应该就是几个小孩子。我敢打赌，为了在警察局的门上涂上"马克斯·霍夫是个蠢蛋"这几个字，他们是不会在五点钟就起床的。

　　第二天一大早，我刚要开门走出去时，我妈妈竟然从她的卧室里走了出来。她的头发像高耸入云的山峰，眯着的眼睛肿得像别针的针头缝。"现在几点了？"她嘀咕道。

"啊……是……噢……"我结结巴巴地不知说什么好。

"上学的时间到了吗?"她接着问道。

"对。"我飞快地应道。要是让妈妈知道现在六点不到,她肯定不会让我出门的,更不用说没吃早饭就出门。

"你的书包呢?"

"噢，我居然把书包忘了！"我惊叫道，飞奔回房间取了书包，又迅速跑出来。

"中午见。"她吻了我一下跟我告别，"我还得再去睡会儿。"

"快去吧。回见，妈妈！"

外面的天空已经有点亮了，虽然天上还挂着淡淡的月牙。我把滑板留在了家里，因为学校规定我们不可以把滑板带到学校。因此，我花了整整半个小时，才走到康拉德－阿登纳大街。

还在老远的地方我就看见，警察局的大门上仍然是干干净净的，没有任何涂鸦。于是我

躲到一辆贴着"土耳其烤肉馍"彩色广告的贩

卖车后面埋伏着。

由于我妈妈不经意地突然袭击，我出门时忘记了带上一瓶牛奶。此时的我早饭也没吃，身边又没有其他吃的，只好把一片卡本特牌口香糖塞进嘴里，这样可以缓解一下我那饥饿的胃。

七点快到时，有两个小孩背着书包沿街向警察局走来。现在天已大亮，他们还在老远处我就认出了他们。是和我同一年级的隔壁班的扬和蒂姆，不知道为什么，我一向不太喜欢他们两个，也许仅仅是因为他们和我不是一个班的。

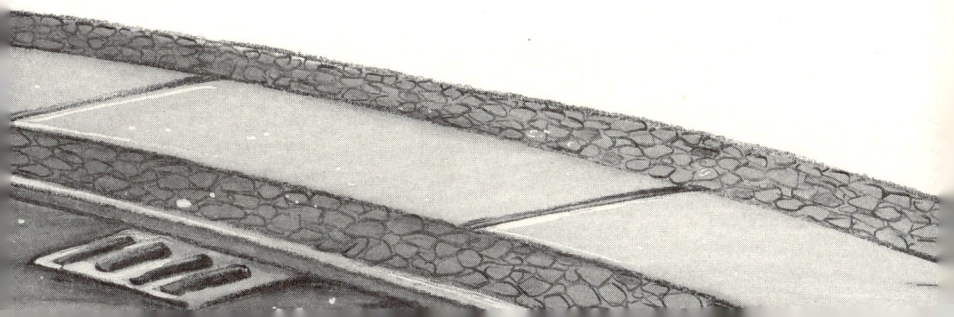

他们两个在警察局门前停了下来，然后四顾张望了一会儿，接着蒂姆爬上警察局门前的台阶，而扬则等在人行道上。蒂姆从上衣口袋里掏出什么东西，在大门上飞快地忙活了几秒钟，然后迅速地跳下台阶，头也不回地和扬一起，飞快地拐向温德林·布什大街上那条通往我们学校的蜿蜒窄巷，消失得无影无踪。

在我跟踪他们之前，我朝警察局方向看了一眼，门上的"马克斯·霍夫是个蠢蛋"几个字清晰可见。

有些私家侦探不喜欢为了跟踪嫌疑人而跑穿鞋底，但我不介意。好的侦探必须有预判能力，应该猜

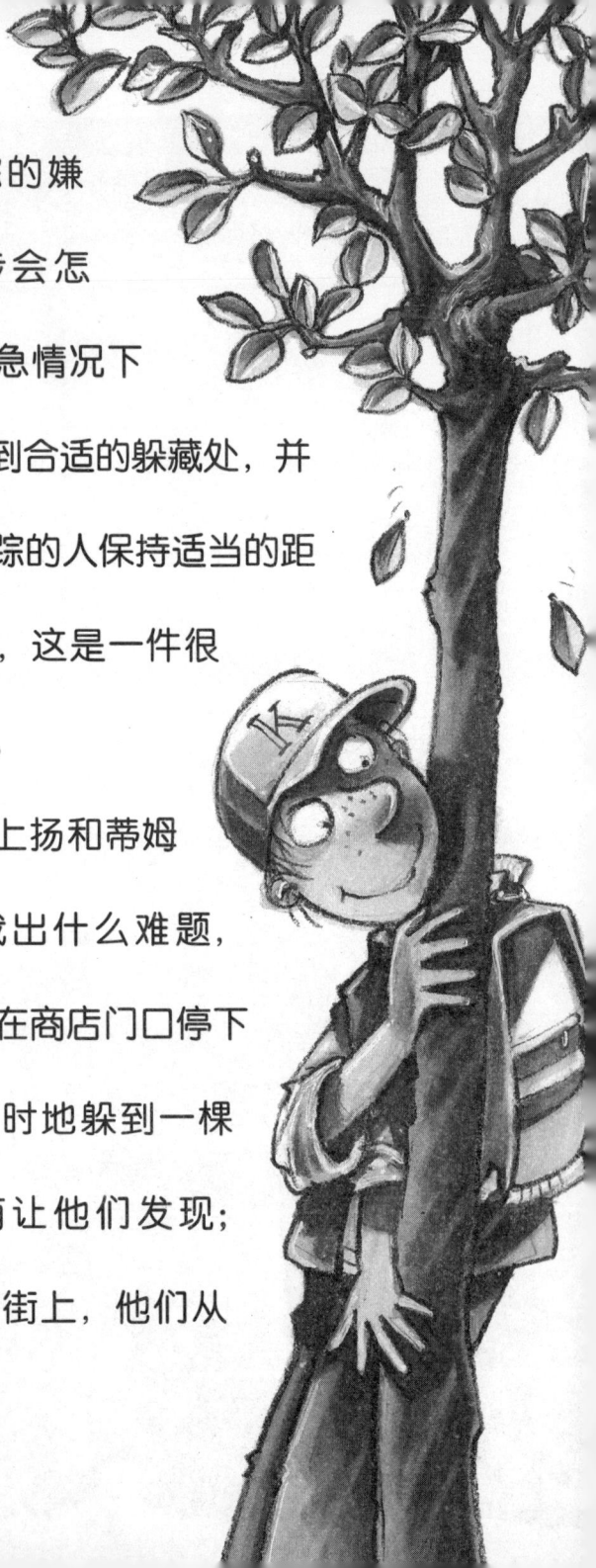

得到他跟踪的嫌

疑人下一步会怎

么做，在紧急情况下

总是可以找到合适的躲藏处，并

时刻和被跟踪的人保持适当的距

离。我敢说，这是一件很

有乐趣的事。

　　这天早上扬和蒂姆

并没有给我出什么难题，

有几次他们在商店门口停下

来时，我及时地躲到一棵

树后，没有让他们发现；

在一条步行街上，他们从

一个商店转到了另一个商店，但每次没费什么力我就可以让他们重新出现在我的视线内。渐渐地，街上也热闹起来，这对我有利，让我可以更好地掩护自己。

在温德林·布什小学，我是四年级 A 班的学生，而扬和蒂姆在四年级 B 班。当我到达学校时，他们两个正坐在学校教舍管理员办公楼旁的矮墙上。我心里默数了三下，然后朝他们走去。

"你们两个来得真早啊。"我跟他们打招呼说。

扬和蒂姆看到我时，脸色变得有些苍白，至少我感觉是这样的。他们应该知道我是私家侦探。关于这点，其实我们学校的每个人都知道。

"嗯……"蒂姆含糊地回应道。

扬沉默不语。

"你们到警察局想干什么？"我问。

"警察局？"蒂姆吃惊地问道，但很快他便装作一副一无所知的样子。大多数嫌疑人一被抓到现行，都会这么反应，但在我这儿，这招于事无补。

这时，扬取出一块黄油夹心面包，我一看到里面夹着的萨拉米香肠和奶酪就止不住地流口水。

在饥饿面前，我感到一阵乏力，但我得努

力振作精神，心想等我把眼前的事情处理完毕再吃早饭也不急。

"你们为什么在警察局的大门上写'马克斯·霍夫是个蠢蛋'这样的话?"我接着问他们。

"谁说是我们干的?"蒂姆问我。

而扬则一言不发，他闭着眼睛嚼着面包。

我强迫自己把眼睛从他的面包上移开，然后说："直说吧，我亲眼看到你们这么干的。"

"还有其他证人吗?"蒂姆问。

"我不知道。"

蒂姆狡黠地笑了:"哈哈,随你怎么说,你尽可以诬蔑我们,但是你也没有任何证据,不是吗?"

"马克斯·霍夫在擦掉你们的涂鸦之前用手机拍下来了。"我说。

"他只要把你们的笔迹和警察局门上的字迹进行比较,你们就逃不了。"

这下两个人面面相觑(qù),蒂姆脸上的讥笑已消失得无影无踪。

"你们两个现在只有两种选择。"我接着说。

"第一，保持沉默，那么等到放学我就会去找马克斯·霍夫，告诉他，门上的涂鸦是谁干的。"

"另一种选择呢?"扬顾不得先咽下嘴巴里塞得满满的面包，问道。

"你们立刻停止这种乱涂鸦，那么马克斯·霍夫也不会知道是你们干的。"

这两人迅速交换了一下眼色，然后扬说:"行。"

"什么行？"我问，"你们选的是第一种方案还是第二种？"

"当然是第二种。"蒂姆回答。

"你们得发誓，你们今天的涂鸦是最后一次。"

扬和蒂姆点点头。

"我没听见！"

"我们发誓！"两个人异口同声地说道。

"这样可以了吗？"扬问。

我摇摇头。

"你们为什么要这么干？警察得罪你们了？"

扬把剩下的面包塞进嘴里，说："只想练练胆。"

蒂姆点点头表示赞同："对，训练胆量。

你肯定懂的，克瓦特。"

我很想继续问下去，但是现在我已经饿成

了一头成年大公熊。

于是我跑到我们学校的教舍管理员处长克先生那里，央求了半天，他才给了我一个火腿夹心小面包。他一般只在课间休息的时候才卖这种面包。我们大家都叫他处长，因为他在我们的心目中，是世界上最好的教舍管理员。

特价：
买3个小面包得
3个小面包!
仅限今天

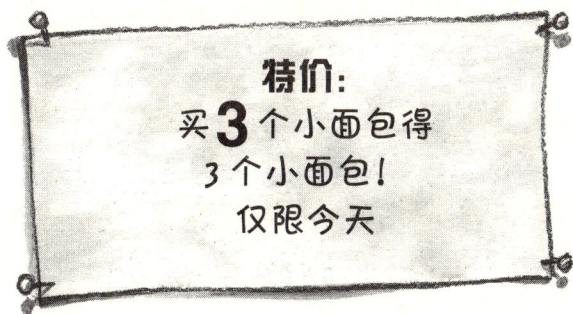

放学后，我去了奥尔佳那里，尽管柜台上方的窗口敞开着，却不见我最要好的老朋友的人影。

这种情况我已经司空见惯了，奥尔佳经常忘记把售货亭的门锁上。

我刚想转身离开，突然发现有两只鞋倒挂在储货区的墙上。更恐怖的是——让人的心都悬到了嗓子眼——鞋里伸出两条腿!

我惊得要闭过气去，脑子里闪过一连串可

怕的猜想：要是有人抢劫了售货亭，而我的老朋友此时正处于很无助的情况下怎么办？

"奥尔佳！"我像个袋鼠那样跳着，往柜台窗口里看，"发生了什么事？"

鞋子和脚立刻从墙边消失了，不一会儿奥尔佳站了起来。她的头发乱成一团，她的脸涨得通红，像一个熟透了的西红柿。

"你好，我的宝贝！"她喘着气说。

我还没有从震惊中回过神来。

"你——你——你刚才在里面是怎么回事？"我结结巴巴地问道。

"练倒立。"她回答。

"什么？"我喊道。

"就是瑜伽里的倒立姿势。"她解释说，

"我在业余大学报了一个瑜伽班，已经上了一

个月的课。你也应该试试，很健康的运动！"

"还是给我一包卡本特牌口香糖吧。"

她把口香糖从柜台台面上推到我的面前。

"那个警察局局长的案子怎么样了?"她问我。

"已经破了。"我回答道,"是我学校里的两个男孩干的。"

"马克斯已经知道了吗?"

我摇摇头。

"那两个人叫什么名字?"奥尔佳又问道。

"他们两个向我发过誓,不再去那里干这种事了。"我回答,"为此我也向他们保证,不讲出他们的名字。"

奥尔佳沉默了一会儿，拿过保温瓶给自己倒了杯咖啡。我可以准确地猜到，她接下来想问什么，要知道我认识她可不是一天两天了。果然她问我："他们两个有没有告诉你，他们为什么那么干？"

我点点头："他们说，就是想练练胆子。我现在得去马克斯·霍夫那里，再见，奥尔佳。"

"再见，我的小宝贝。不过马克斯现在不在警察局里，今天下午他不上班。"

"你知道他住在哪里吗？"我问。

奥尔佳从抽屉里取出一张纸条，在上面写了个地址，然后交给我。

我小声读道："席勒大街 23 号。"看来他家离售货亭不远。

席勒大街 23 号

"谢谢你，奥尔佳！"

"小事一桩，宝贝！"

我早就明白，让她改掉这个整天挂在嘴边、强加给我的昵称是件白费劲的事，这回我也只是翻了翻白眼就上路了。

等我按过席勒大街 23 号的门铃后，马克斯·霍夫的妻子告诉我，只要绕到房子后面就可以在花园里找到她的丈夫了。

"啊哈，克瓦特你来了。"警长向我问候道。

他上身赤裸地站在花园的一角，正挥舞着斧头砍一棵树。

如果下次我需要保镖的话，我一定会考虑马克斯·霍夫。他真是浑身肌肉，从头到脚没有一处不是块状的。他那宽阔的胸膛连大猩猩都要

嫉妒得脸色发白。

他把斧子靠在花园门边，门上挂着一件T恤衫。我觉得它的码子应该是XXXL（大猩猩的尺码）。

"涂鸦案有进展吗？"

我点点头，回答说："这案子破了。跟我想的一样，是几条不值一提的小鱼干的。"

"很好。"警长摆出一

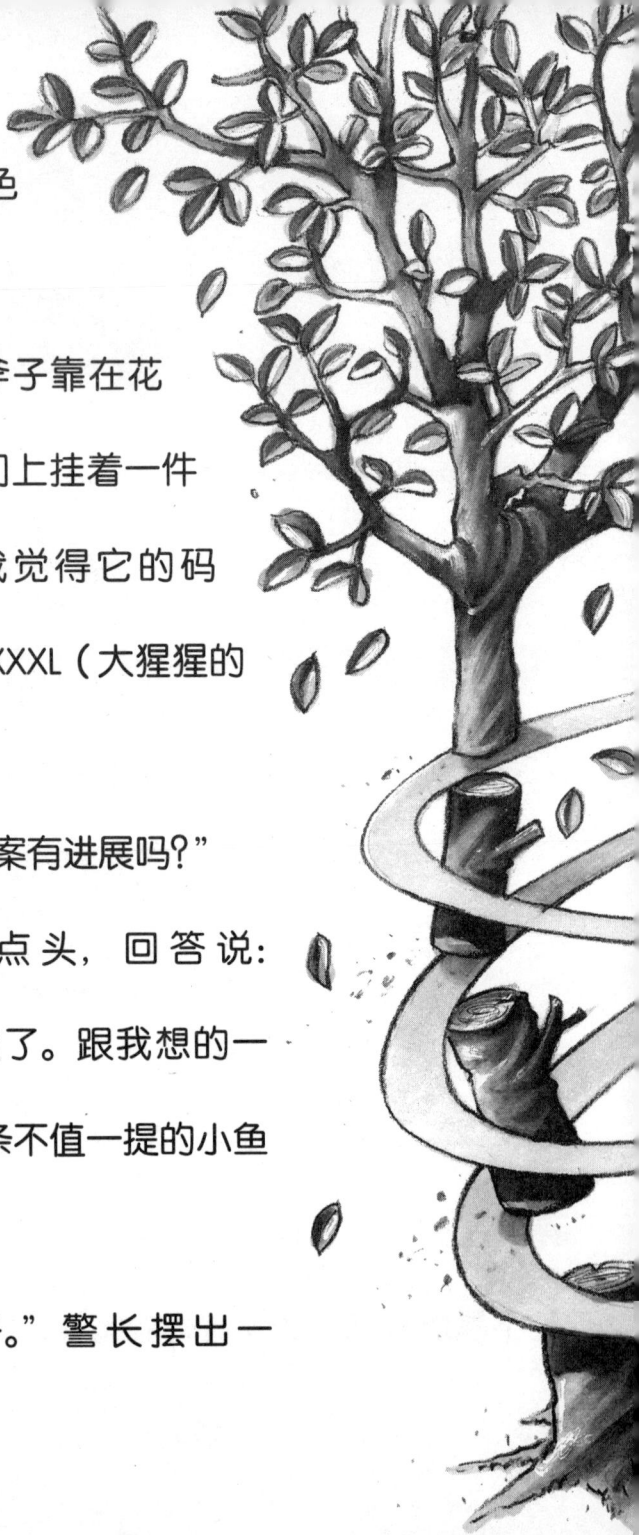

副很酷的样子。要让一个总警察局长对一个私家侦探表示出敬佩之意，这是不可能的。"是谁干的呢？"他想知道。

我跟他讲了我和扬以及蒂姆之

间所做的约定。

马克斯·霍夫想了一会儿说："你确保他们两个会遵守诺言吗?"

"当然。"

"那好，克瓦特!"

说完他又伸手去取斧子。看到我站在那里还不走，他又问道："还有其他事吗?"

我搓着大拇指和食指说："我的报酬。"

"啊呀，对了。"马克斯·霍夫转身进了

屋。他出来时，手里拿了五包卡本特。"是这种吗？"他问。

我点点头。"好了，再见！"我跟他告别。

"再见，克瓦特。"

就这样，连一句"谢谢"也没有，更不要说夸奖了。不过我也没指望他夸奖我。正如之前所说的：警察和私家侦探的关系很微妙。

回到家，我躺到了床上。

我真是累坏了，昨晚我睡得太少了。可是

现在我却睡不着，有种莫名的思绪搅得我不得

安宁。像往常碰到这种情况时一样，我把一片

口香糖塞进了嘴里，我的脑细胞立刻开始飞快

地转动起来。

　　过了一会儿，又嚼了一片口香糖后，我终

于发现问题的所在：扬和蒂姆没有告诉我，他们在警察局大门上写"马克斯·霍夫是个蠢蛋"的原因。"为了练练胆子"这种鬼话，只能骗过他们的外婆。还有马克斯·霍夫，他好像也根本不想过问这件事情的因由。这就太蹊跷了。看来，那两个小子和这位总警察局长之间一定有什么特殊的瓜葛，并且他们在我面前刻意隐瞒着。

不过对此我也无所谓，这个案子我算是破了，而且报酬也领到了，至于什么瓜葛之类的跟我无关。

不知什么时候我睡着了。等我妈妈值完晚班从医院回来时我才醒过来，看来我睡了整整一个下午和傍晚！

"你今天早上到底是什么时候出门的？"她问我。

"和往常一样。"我回答说。

她若有所思地看着我："但是你没有吃早饭，对不对？"

"我今天早上不饿，妈。"

她抚弄着我的头发。"我应该多关心关心你，"她叹了口气，"更多地。"

我吻了她一下："妈妈，现在这样挺好的，没有比这样更好的了。"

24 小时

− 9 小时
_____

= 15 小时

第二天一早，我感到精神倍增，很久没有这样好的精神了。要知道除了半夜醒过一次外，我差不多连续睡了 15 个小时。大多数的私家侦探都有睡眠不足的问题，也许这也是他们通常爱抱怨的原因吧。

在学校里，我突然成了一个好学生。地理课上我是唯一一个知道勃朗峰为阿尔卑斯山最高峰的人；数学课上，我在黑板上计算难题的速度如此之快，以至于粉笔都差点从我的手里飞了出去。而德语课的听写测验我只有一处错误，要知道我还从来没有少于五个错误的成绩。

下课铃响后，当我收拾完书包时，我们的

15-3+2+125+29-15+71+

班主任康泽尔曼先生叫住了我。"怎么回事，克瓦特？我还从没有看到你像今天这样伶俐！"

自从我们认识以来，他第一次赞许地拍了拍我的肩膀："保持下去，小伙子，说不定你会有出息的。"

$$15 - 23 + 21 + 31 - 6 + 1 = \underline{230}$$

康泽尔曼先生当我们的班主任已经三年多了，但他依然还是搞不清楚我是什么样的人。要知道，我刚刚替一个真正的警长破了一宗案子。可是当我刚想跟我的班主任说说这事，他却已经把他的公文包夹到胳肢窝下，匆匆地登上楼梯朝教师办公室走去。

在教学楼前，我又碰到了另外一件意外的事——一辆警车停在那里。汽车副驾驶座的门开着，我听到马克斯叫道："我要跟你谈谈，克瓦特！"

等我舒舒服服地坐到马克

斯·霍夫的旁边时，我友好地问道："我做了什么坏事吗？"刚刚被康泽尔曼先生赞扬了一番的我，心情还真没这么好过呢！

"还真是坏事。"警长咕哝道，却并不正眼

看我。他深吸了一口气，开始说道："你猜我今天早晨去警察局上班时，看到了什么？嗯，你说说看？"

"我不知道。"我回答说，"消防车？"

"又是老样子——呐，你知道的——那个涂写在门上的句子，"他深吸了一口气往下说，并不理会一旁的我，"真是无耻……"

"但那两个家伙发过誓的……"我试图打断马克斯·霍夫的话。

但是他不给我讲话的机会。"你跟我说过，

他们不会再干了，而且我连口香糖都已经支付给你了。我真傻，这种事真不应该交给一个业余侦探！"

"什么？业余侦探？您搞错了！"

但是马克斯·霍夫不肯停下来："支付给你的口香糖还剩几包？"

我把手伸到裤子口袋里。"四包。"我说。

"拿过来！"

我把四包卡本特交到他的手里。

"现在你可以下车了！"

因为我拿着书包，所以下车的速度不够快，他又朝我吼了一遍："快下去！"

我真想问问他，有没有把这次在警察局门上看到的涂鸦拍下来。如果有的话，我很想把这个照片和以前的比较一下。我真想把我的工作再继续下去，但他砰的一声拉上副驾驶座的门。在轮胎刺耳的嘎吱声中，他开着汽车绝尘而去。

只剩下我像个白痴似的呆呆地站在那里，被他这么一通折腾，我的好心情早已消失得无影无踪。对我而言，这真是个奇耻大辱，我绝不会善罢甘休。不管发生了什么事，我都要向

这个总警察局长证明，站在他面前的绝不是一个业余的侦探。

刚开始我想给马克斯·霍夫打电话，直接告诉他那两个涂鸦人的姓名，但最后我还是决定先跟扬和蒂姆谈一谈。

回到家，我胡乱吃了点东西后，就马上把两个人的住址找了出来，然后出门去找他们。路过一个橱窗时，我不经意地朝玻璃里的我看去，发现自己的脸气得红通通，就像一颗熟透了的樱桃。

毫不奇怪！那两个小子简直要把我气炸了。

我先按了按扬家的门铃。他的妈妈告诉我扬去了他的朋友蒂姆那里，他们两个约好了今天下午一起做功课。

他们两个在一起学习，一起做功课？要是真那样，连鸡都要笑了！

蒂姆的爸爸给我开了门，并把我领到蒂姆的房间。

他们两个正凑在计算机前玩游戏呢。当他们抬起头看到我时，脸上浮起一丝诡笑，这更激怒了我。等到蒂姆的爸爸离开房间后，我才开始训斥起他们来。我把他们骂得狗血喷头，

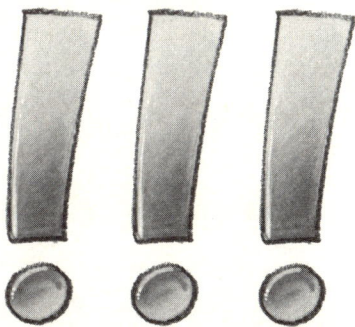

连飙（biāo）脏字。要是让我妈听到那些话，她肯定会气昏的。

但那两个人根本无动于衷，好像骂的不是他们似的。"我们可不知道今天早上是谁在警察局门上写的那句话。"等我一口气骂完了，

蒂姆才不紧不慢地说道。

"肯定不是我们。"扬接过去说道。

"当然是你们!"

蒂姆打开房间门喊他的妈妈。"我今天早上是怎么去学校的?"他问他妈。

"我开车送你去的,扬也是他妈妈送去学校的。你们两个今天早上又起得太晚了。你问我这个干吗?"

"随便问一句,妈妈。"

然后蒂姆就关上了门。"听见没,"他对我说,"不是我们干的。"

于是,扬转过身盯住计算机屏幕:"现在我们得接着学习了,再见,克瓦特!"

5...4...3...2...1...

出了蒂姆家，我把一片口香糖塞进嘴里，没过几秒钟我感到自己的脑子又能飞快地转起来了。扬和蒂姆没有食言，因为他们的不在现场证明滴水不漏。但如果不是他俩，那今天早上又是谁在警察局门上写下"马克斯·霍夫是个蠢蛋"的呢？这个总警察局长到底干了什么？看来，他得罪的不止是蒂姆和扬，而且这看来也不是一起简单的涂鸦案，我敢拿脑袋打赌。

我看了看手表，我妈今天上的是晚班，没人会在家等着我。还好我有奥尔佳！在这种时候，就想有个人在旁边可以听我说说，给点意见。在这种情况下，奥尔佳是最佳的人选。

"怎么啦？"等我来到售货亭时，奥尔佳关心地问道，"亲爱的，你好像在生谁的气。"

我把事情的经过跟她讲了一遍。

等我说完后，她点燃了一支烟。

"你又开始吸烟了？"我很吃惊地问道。她已经有一年多没有碰过烟卷了。

她点点头："早上、中午、晚上各一根，还

147

不至于要了我的命。另外，我每天还坚持做倒立。"

她很享受地把吸进去的烟往售货亭的天花板喷去。

"那么……"她想了半天问道，"是不是除了被你抓到的那两个小孩以外，还有别的小孩跟马克斯过不去？"

"我也想到过这一点。"

"那该怎么办呢？"她继续道，"要不你去找扬和蒂姆的班主任谈谈。你觉得这个主意怎么样？"

"找他们的班主任？"

奥尔佳点点头，继续说："作为班主任，也许她知道些什么。"

"好主意！"我大叫一声拔腿就跑开了，奥尔佳只来得及看到我在街上留下的一道转瞬即逝的背影。

四年级 B 班的班主任叫瓦尔塔丝，她住在我家附近的公寓楼里，我们两个曾在街上碰到

过几次，互相打过招呼。和康泽尔曼先生不同的是，她大多数时候是个开朗的人，因此这会儿我也敢去按她家的门铃。

"嗨，克瓦特?"她开门见是我，便问道，"出什么事了吗?"

"没什么大事。"我回答。

"你知道马克斯·霍夫这个人吗?"

她点点头："你先进屋，克瓦特，我们到里面谈。"

在她那不大的客厅里，她把我按到一个沙发里，并给我倒了满满一杯柠檬水。她的这种柠檬水可能是自制的，味道嘛，呃，还不

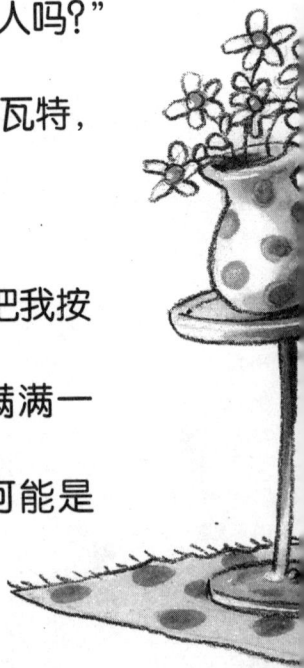

错……哎，我只是不想不礼貌而已。

"你是怎么认识马克斯·霍夫的?"我问她。

"几个星期前，他给我们班主持了自行车考试。"她回答。

"但那一般是豪瑟先生负责的事情呀。"我说。这位不知是高级警长还是初级警长的副警察局长先生，也给我们班主持过自行车考试。他是个随和的人，肚子圆圆的，髭（zī）须花白，每个人都很喜欢他。

　　"是的，克瓦特。但豪瑟先生那天病了，因此由他的同事来代替他。"

"然后呢？"我打算探究到底。

她喝了一口自己的柠檬水，犹豫地说："我不知道该怎么说，但我也不想不公平……好吧，要是你真想知道的话，霍夫先生和孩子们的相处有点问题。"

啊哈，这下离真相更近一步了。"这话是什么意思？"我问。

"哪怕我的学生们犯了一个极小的错误，他也不放过。豪瑟先生肯定不会这样的。有几个孩子现在甚至都害怕骑自行车了，而且，有几个家长则不允许自己没通过考试的孩子再骑自行车。

"两个星期前，我在我们班组织了一次骑自行车环游水库的活动，就有六个孩子被他们的家长禁止参加。"

看来奥尔佳的直觉还真准。

"扬和蒂姆也属于这六个孩子里的吗？"我想知道。

瓦尔塔丝女士想了一会儿。"是的，这两个捣蛋鬼干了什么坏事吗？"她叫起来。

"没事。"我安慰她说。

"但是你为什么会向我打听霍夫先生？"

我把食指竖到嘴唇前并站起身，说："很报歉，我不能告诉你。这是职业秘密，瓦尔塔丝女士，您肯定明白的。再见，谢谢您的柠檬汁！"

事实上，我原本已做好了思想准备，准备第二天一大早再次埋伏在康拉德-阿登纳大街上，但现在看来，不需要了。

七点快到时，我拿着粉笔朝警察局走去，老远就看见门上又是那句话。

我刚在"马克斯·霍夫"和"是个蠢蛋"

之间加了个"不"字，总警察局长就三步并作两步地跳上了台阶。

"原来是你!"他看到我手里的粉笔，叫了起来。

"不! 总警察局长，"我反驳说，"我只是写了个'不'字，我是好心干好事，你自己看看，不是吗?"

他从裤兜里掏出一张纸巾，吐了点唾沫到上面，然后擦掉了那句话。我觉得这其实已经没有必要了。

"现在你还留在这儿?! 想干吗，克瓦特?"他一脸怒气地问道。

"你知道温德林·布什小学吗?"我反问他。

警察局

他点点头。

"那你应该也记得那个学校里的四年级 B 班吧?"

他又点点头,但是他脸上仍然没有一点表情。

"您应该再给他们主持一次自行车考试。"我说,"不过,这次不要太严格。"

"我不知道这跟你有什么关系。"

总警察局长的脸有些挂不住了,脸上的肌

肉不住地颤抖。我敢打赌，他心里很清楚，孩子们为什么会在那门上写那句话。

"按我跟您说的去做吧，总警察局长！"我喊道，"我敢担保，那样以后您就再也不会看到'马克斯·霍夫是个蠢蛋'这样的话了！"

故事后来怎么发展的呢？马克斯·霍夫果然又到我们学校主持了第二次自行车考试。瓦尔塔丝老师后来告诉我说，这一次他像换了个人似的。

两个星期后，奥尔佳笑嘻嘻地把四包卡本特塞到我的手里。"是马克斯·霍夫给你的。"她解释说。

"他让你给我捎什么话了吗?"我一边把口香糖塞到我背心的一个口袋里，一边问她。

她摇摇头："他只是说，要我把口香糖交给你，说你知道是怎么回事。"

这个总警察局长真是个犟（jiàng）头，而且自负。他自己不去调查警察局门上的涂鸦事件，觉得那样会贬低他的身份，于是雇了我；同样地，他也不情不愿地去代他的同事主持了自行车考试，所以孩子们就受到了他的苛刻对待。但是不管怎样，这下他必须承认，是我破了这个案子。

真正吃惊的事发生在快要放秋假前的一天，瓦尔塔丝老师把我请到她的班里，在那里扬和蒂姆递给我一张证书，上面写道：

为了表彰他在学校
和警察局之间所做的优秀
的沟通工作，我们授予
克瓦特
四年级B班"荣誉学
生"的称号。

然后就是震耳欲聋的掌声，震得我的耳朵
都快飞了。

还有昨天，我在市里碰到了马克斯·霍夫，他装作好像没看见我的样子。哎，私家侦探和警察之间的关系就是这样的……